南天山的月亮

何兴华 著

作家出版社

温宿夏特古道　周小强 摄影

故乡　　何兴华 摄影

沙漠穿越　　周小强 摄影

博孜墩乡　　李涛 摄影

阿克苏草原晨牧　　周小强 摄影

希望的田野——博孜墩乡　　李涛 摄影

峡谷初晴　　周小强 摄影

克孜尔红石林　　周小强　摄影

拜城雅丹地貌　　周小强　摄影

托木尔峰　　周小强 摄影

温宿奥依托那克草原　　周小强 摄影

“风来的时候，我没有抬头”

来颖燕

何老师找到我，说新出的诗集想要我作序，我惊讶并且犹豫。那年随团去新疆阿克苏地区参访，我跟何老师只有短短几天的接触时间。我觉得这或者于他是个随性的决定，但是何老师如此坚持，以至于我觉得他的随性里有着对于直觉的笃信——也许他的诗里有我能理解的地界。于是，我打开这本《南天山的月亮》，古老苍茫的南疆大地上，那个肤色黝黑的汉子脸上的温暖笑容以另一种方式重新刷新了我的记忆。

《南天山的月亮》从名字开始就划定了它的疆域，暗示了诗集的调性。诗集分了三辑，诗人为自己的作品绘制了“地图”，做了范畴上的归整和排列，但显然，《塔河奔涌的心曲》《成长虔诚的修行》以及《岁月自然的灵悟》三部分的划分，并非只是线性向前的矢量。在这片南疆的土地上，作者沉潜着将自己完全置入了其间的时空，而这时空是混沌的、交叠的、互涉的。诗人为什么会写诗？我喜欢布罗茨基的答案：“诗的写作是意识、思维和对世界的感受的巨大加速器。一个人若有一次体验到这种加速，他就不再会拒绝重复这种体验，他就会落入对这一过程的依赖，就像落进对麻醉剂或烈酒的依赖一样。”这本集子是诗人在天命之年对于自己人生的经历以及随之而生的诗作的一次全面回望。他原本是甘肃人，在新疆入伍后就开始写诗，自此跌宕起伏，却从未停笔。

我于是会想，当初诱惑他拿起笔并一路坚持写诗的力量是来自他的原始性内核。回首往事，他虽早已在南疆的土地上扎根，但依然流露出对于出生地的留恋和皈依，只是这三十多年来的南疆生活，改变了他的生命纹理。在他的笔下，我看到他是如何走过了两个“故乡”的千山万水，虽然一个是在心念里，一个则是在现实的映射里，他自言：“孤身在阿克苏奋斗30余年，历尽酸甜苦辣，却始终对生我养我的那片黄土地情有独钟。岁月经年，显然故乡已是他乡，但那片土地上，有我挣扎的青春，我哭过，奋斗过，逃离过，别人走不进来，我却走不出去。”故乡与他乡的叠影，始终在他的笔下影影绰绰。在诗歌的世界里，他得以寻找到慰藉和出口，复盘自己的脚印，一遍又一遍重新体验世界给予他的，以及他给予世界的。这些诗歌或者在形式和辞藻上没有多么出尘，但其中如影相随的在理智与情感间的较量，令它显现出一种原创性的隐喻结构，丰富而朴素。所以，他诗中不出意料地不断出现众多属于南疆大地的风物，塔河、天山、胡杨……但它们一路飞驰而过，与少年时的那片黄土地对视着，留下一种淡然又悠远的痕迹，那里有他对于心理和地理上的“故乡”的追忆和追问，也有他对人生如寄的了悟。

当抒情不再只是对于自然或是生命单纯的咏叹，而是试图进入一种蕴藉在个体生命和外在世界深处的、跃动的生机的时候，远方的风景会愈加令人心驰神往。在诗人的笔下，我发现这种抒情正在慢慢趋向于俭省和自省，犹如与集子同名的《南天山的月亮》里所写：“风来的时候／我没有抬头／怕我的华发／惊扰了曾经初照我的月亮！”

何老师凭直觉邀我写序，而在我的直觉里，他是一个简单的人，即使历经坎坷。简单的“发生”的诗人会有着自己独特但直接的感知力与领悟力，在时间的滤镜下，他的情感会愈加沉稳内敛，愈加洞悉自己与诗之间的不可割舍。我想他一定会继续写下去，却也会因此更加孤独，孤独会成就诗人终极上的独特——当记忆不再只是一种怀旧，个体的微渺与世界的神秘会在纯粹的时间中达成平衡，那里有着诗歌隐秘但至关重要的生长通道。

目 录

第一辑　塔河奔涌的心曲

第二辑　成长虔诚的修行

第三辑 岁月自然的灵悟

第一辑

塔河奔涌的心曲

奇峡之恋

——致天山托木尔大峡谷

初见你
是和一场初春的瑞雪有关
西北的早春春寒料峭
白色的精灵在夜空里飘临
给高原一个深情的覆盖
春梦在瑞雪之下发芽
乘着春的希冀生长
和你相遇
银装素裹的你千娇百媚
火一样的热情在冰雪之下燃烧
我的心跳如此剧烈
血脉偾张
想化成一只深谷中的雪豹
在你的身躯上奔跑
迈出去的脚步凝固在半空
怕这一声响
惊扰了你高贵的寂静

爱上你
是在夏日的又一次登临
除却了娇羞
你火热的激情在碧空下燃烧

融化世间的一切残破
我的目光
如此贪婪地抚摸每寸肌肤
在这里
做一次千年的对话
一个跨越历史长河的告白
你的每一个曲张、每一个摇摆
都是人间绝美的缔造
我深深迷恋其中
忘乎所以
甚至忘记了你的名字
在一朵游云为你遮上面纱
我才忽然地觉醒
这天山托木尔奇峡啊!
迷醉了世间所有的眼睛
迷醉了万里碧空
迷醉了碧空中任意一朵云彩

迷恋你
我显然已无法割舍
在深秋的鹰哨声里
我不由自主地再一次来看你
你体态尤显丰腴
在峡谷深处流过眼泪
不，那不是伤心的眼泪!
是激情燃烧中迸发的泪花
泪花中含满笑容

雍容尔雅
每一株草都彰显了生命的伟大
当然都饱经风霜
长空的雁群飞去又飞来
这奇妙的万年长谷啊！
有多少故事欲说还休
只是把神奇和博爱
舒展成绝美的画卷
任人倾诉
任人祈愿！

破城子（组章）

听见你
是和一个行僧
以及久远的门告别

破城子！读起你
如同读一幅古老的长卷
读起你，如同和行走的僧人
一起诵读悠远的经文
读起你，便听见张骞的马蹄
践出的水声
这个名字
便把文明刻入了骨髓

石头填满路、城堡和门
每一颗石头都云雾缭绕
西行绝处之后
峰回路转的柳暗花明
行僧双手合十向长天拜下
感谢上苍眷顾
世人也皆奉用了虔诚和慈善
祈祷天无绝人之路

这条长谷弯曲幽长
长谷里的故事缠绕住长谷
千年沉睡，千年长青
破城子——夏特古道——
在驼铃和驼背上的丝绸里
修成正身
或许经年
长谷将凿空成
一条黑色的丝带

破城子的风

从天山的冰峰上
从千年的古韵里起舞
在绝壁上旋转
是悬崖上的凌霄花
不属于风尘
在沉睡千年的峡谷里
伴着山溪、沙和各色的石头
敲打，晨钟暮鼓

走近你，已是人间五月
可你绝世的清冷
让我急流勇退
我只能偷看你害羞的娇颜
长谷中各色的水、沙子和咸滩

迷茫了我的眼睛、五官及全身经脉
不知何时应该走近你？
或许只有峡谷里的牦牛、山羊、喜鹊、乌鸦
或者牧羊人和他的狗
除此之外
拒绝一切的靠近
甚至对你的问候！

鹰　眼

眸子深邃、脸庞慈悲
也许是因为缘分
认识他和他交谈
淳朴善良、言语简单
我们聊破城子的风、沙、石头
聊他的妻子、孩子
聊他的牛羊和牧羊的狗
聊他的使命和坚守

走出他的房子
和他一起走一段夏特古道的路
他身体精瘦却健步如飞
我胸闷气短行走艰难
或许可以强词于高原海拔
我似乎听见长谷的大风吹来
开始焦躁不安

他饱经风霜的脸
只是诚实地一笑
我仰望天空
天仍然是那么地蓝

一只鹰响着哨声飞来
在我们头顶盘旋
他挥手向空
他们是这峡谷里的老友
能看见彼此的眼睛听见彼此的心跳
天地之间
有谁读懂了两对鹰眼里的神话？
面对一对陌生的朋友
我站立成峡谷里的一棵树
边关的风依旧强硬
我用我曾经的军礼
向这对高尚的灵魂
敬礼！

叶尔羌[*]（组章）

一、叶尔羌河之涛

靠近你，轻抚你的琴案
把灵魂寄在最高处
做你虔诚的信徒，昂首聆听这首千年老歌
乔格里峰舞动青衣
喀喇昆仑九十九曲回肠
叶尔羌——辽阔的土地——崖上的城堡
在经幡飘转的乾坤里
咏叹沧桑和岁月风华

高原一方净土
那个寻水的少年，用生命和热血
汇就了你——叶尔羌
土地渴求的眼睛开始为你落泪
把生灵奉献给世纪荒芜
大义凛然，以千年涛声咏唱死亡，新生

思念，在时间的辐辏里摇转
把允诺镌刻在黑磐石上
体量经历陡峻、狭窄、褶皱、雾霭
在岩石上读你曼妙的身姿

眸子似山顶冰川般纯净深邃
幻化成花朵生长成两岸的风景

当我陶醉在尘世之外
黄昏之后的高原
我看到广袤的田野和田野之外的炊烟
岁月的长河渡你也渡我
但最终你的涛声千回百转
养育生命、灵魂和感恩
为你滋养万物的绝唱
活着或逝去的生灵
屈膝而跪

二、塔克拉玛干的琴音

幽怨绵长，这流动的音符
缥缈间暗藏杀人的奇异
苍茫天穹下，恰是致命的温柔和热烈
和撒哈拉——这对孪生姐妹
在时空里走失，一个在南一个在北
把离殇推移得伤情又暴烈

风，骚动着情绪
琴音高亢，遮天蔽日
阻断时空和想象
弹奏长河落日

荡气回肠、狂放不羁
“死亡之海”——你的别名
面对你，怎不感慨！
人生得失是多么微不足道

阳光明媚，琴音娓娓
一切慵懒如常，憩息平静
沙山、沙垄、沙丘——你的孩子
拥你而来，幻化而戏
似群蜂筑巢、百鸟朝凤、群鱼归江
每粒沙，都笑出太阳的光泽
你静若处子、温婉如玉
土地不再灼伤，生灵不再恐慌

塔克拉玛干，你的音符
天地裂变般绝唱
把痛楚和眼泪流淌成荒芜和死亡
把温情和热烈吟咏成奔放和奇幻
祈愿你琴音温婉
把伤痛靠在你的肌肤风干
化成一棵
守候瀚海千年的胡杨

三、在土地上遥望

遥望远山，遥望近水

西北高原的三月春寒料峭
我的土地已经苏醒
面对一朵蓬勃生长的苦苦菜
我的喉结开始蠕动
似一只饕餮的兽

那离天最近的地方
太阳的温度
会让还在睡梦中的河流唱歌
叶尔羌河、阿克苏河、和田河
我就在三河交汇的地方等候
我的土地和我一样急不可待
头顶飞过的雁鸣
湿润了沟渠

远山褶皱成鹰
我听到破天的哨音
山顶的白雪是一朵飘飞的云
携着希冀的种子
和我这一季的梦
深深埋入土地

风，轻轻吹向大地
一匹无尽的绵绸
从我的土地飘展到周边的土地

别迭里

在山口
我逆风而立
听见亘古的断裂
从大海腹部隆起
呼啸伴着清脆轰鸣鱼贯而入
别迭里！
在鱼翅划破长空的彩虹里降生
海洋碧蓝　天空碧蓝　群峰碧蓝

冰雪给予群峰完美的覆盖
如同石头里的鱼骨、贝壳……
沉寂千年，固化千年
一条巨鲸驮着夕阳沉落
西行的僧侣磕下长头
这千年的风啊！
萦绕着梵音入睡
在虔诚的梦呓里坐化
山峦如烟　梵音如烟　长风如烟

雷鸣击穿风干的鱼骨
九十条冰溪如同膨胀的血脉
奔涌过清瘦的躯体

别迭里！
在驼背上一醉不醒
马背上的烟尘把丝绸挽成死结
在冰河里摇摆
摆渡岁月　摆渡轮回　摆渡绝世的创伤

当复兴的车辙滚滚而来
就在这个初夏
一朵彩云带着春雷传来喜讯
接着万云飞渡
别迭里！
我听见一个伟大的声音
在古长安城的城墙前
向世界宣告你的名字
我们深信，世界深信
从此，你将在东升的朝阳里
金光万道！

在别迭里烽燧随想

将军的身影
折射在山坡的石头上
须发疯长
在风化的红泥土里汲取营养
每一丛红柳　每一块卵石
都长成长生的样子
倾歪的骨骼
延伸成龙的脊梁

先祖们把文治武功
刻在龙骨里昭告天下
浩浩苍穹
别迭里山口马嘶鼓鸣
从这里升起的烽火云烟
穿越戈壁荒漠
惊起长河涛浪千重

万年长风
烽燧静卧成民族的忠魂
天下兴亡　匹夫有责
面对脚下神圣的土地

就在这里放开喉咙呐喊
我们愿意为您固守成
永恒的长城
伟岸！神圣！不容侵犯！

春天里，种下我的诗行

春光里
我听见大地梦呓般醒来
睡眼惺忪
窗外的鸟鸣和树枝鹅黄的悸动
泥土的芳香
在春的风里潜入
万物灵动的舒展
在农人心尖上荡漾
土地已经穿上春装
肌肤柔软健康年富力强
我是如此深情地爱着
如同爱自己的生命一样
深沉惜怜无限……

以崇拜的躬谦
种下我的诗行
让她粘满泥土吸收营养
祈祷一场久违的春雨下得持久
再持久一些
当鸽哨吹皱一河之水
我的种子在蓝的天空
和一朵飘逸的云彩到来之前

破土而出
我想要我的禾苗一身泥土
清秀挺拔
我想要她
长成土地上耕者的样子
春春　靓丽　时尚　善良

当飞机飞过天山山脉

天山！
也就是你
敢以天命

盘古的利斧
扫过一片汪洋，巨浪滔天
托木尔——鲸鱼的眼睛
就这样傲视群雄
群鱼朝聚，灭绝般壮烈
用血的脉络生长脊梁
无限曲张，一个齐天的梦

一万八千年之前的巨响
震裂
宇宙，便从此沉寂
你不以天命　更无他名
这世间，从此
有你顶天立地

巨鸟飞前，嘶鸣于地
直振着双翅
凛冽地覆盖了群鸟的眼睛

自己则目空一切
这天、这地、这宇宙
都是它的，任由它来——或者去
云！面无表情
承受一次次精锐的穿刺或躲避
颤抖着神经
欲罢不能

当呼啸声冲破了天
这伟岸、雄壮、巍峨、传奇
像击败了的斗士
俯首称臣
这只巨鸟
超越神力，谁在主使征服和超越

唯我独尊
早已岚雾弥漫
战胜
原来如此轻松
想象、创造和实践
无往不胜

当呼啸平静地张开
拥抱壮美和俊秀
当你以胜利者的姿态
欣赏征服后的愉悦
天山，仙子般妩媚娇羞

尖锐角锋勾画成傲人英姿
塔里木，准噶尔
脸颊上的两只酒窝
爱得如醉如痴

簇簇雪峰，白浪涛涛
听到了海啸的声音
新生代孕期的痛裂
诞下冰川、森林、草原、河流、湖泊和荒漠
伟大母亲般富有和满足
平静地呼吸
日暮朝夕
……

当一朵流云渐行渐远
当气压在你的耳朵里满贯而入
当苍茫逶迤成烟
当思绪逍遥成鹰
留给大地一个深情的俯冲

胡杨岸

这一季
花叶千年
梦一样的女子
穿着红风衣
优雅回眸
极尽望眼
守一允三千年的诺言
胡杨叶
从此满天满地的金黄
燃烧了整个沙海
沸腾成金色的浪
划一叶轻舟
摆渡忘川
念红尘三生缘尽缘生

一脉流自云上的河
自西向东或自东向西
在金色的浪涛里
倾诉衷肠
在这无岸的
迷醉了多少情侣的涛声里
有谁

拂动了沙的回响
羊群始终没有抬头或叫唤
啃食这金子一样的胡杨叶
膘肥体壮

风把这万里胡杨
裁剪成季节流淌
在岁月的节拍里
醉美成诗
寻觅
沙海深处
泛起轻舟的胡杨岸
无所谓对错
时空交错中
落叶完美了风景

秋野里，我仰望苍穹和稻田

养育高原生命的塔里木河
在季节里日渐消瘦
鸟类
在天山脚下盘旋
雄者半山
注定无法超越亘古伟岸
风儿
唱季节挽歌
秋雁声声
在急躁　彷徨　怅惘的俯视中
被一片稻田
迷途

是谁
鸟类或西行的行者
抑或普度众生的佛陀
将这养活人的五谷
从长江　黄河接近入海处
敬献给
塔河淤积的土地
有弟子接替衣钵
走向印度　巴比伦以至欧洲

于是　世界
多繁衍了亿万人类子孙

天山南麓
我的稻田
被这厚重的土地和圣洁的雪融
养育成
冰肌玉肤
饱满如
月光下沐浴的青春姑娘
水天一色
有风吹过的时候
伴着塔河涛声
我的稻田
在季节里枝繁叶茂
掀起绿色——金色的浪波
我在等待成熟的日子里陶醉
梦想每一粒米
晶莹如玉

新时代的机声
穿过田畴
穿过稻田杨树林
我的稻田
因一枚黄叶成熟
羞答答低头
似待嫁的新娘

被有力的手轻轻扶上高车
我在稻田边上
注视手指中半截烟头
依旧吞云吐雾
镰刀在屋檐下生锈
生锈成岁月历经的记忆
我行装饱满
因手中有粮而富有

当雪白的羊群走进稻茬地
头和肥厚的尾巴诚实地垂向稻田地
我开始大宴宾朋
用我的香米和用我的米酿成的美酒
不管南来北往
今天　我们皆为兄弟
我们相围而坐
谈东论西
让我的美酒
醉了这个秋
我在泪光中仰望
仰望苍穹
天高云淡
仰望稻田
太平归仓

戈壁蒹葭亦秋黄

戈壁十月秋风
踩天山雪巅之云
冷峻　寒苍　萧瑟
吹过戈壁沼泽
蒹葭
在岁月江湖里摇落
任凭摧折
日复一日
卑微的肩膀
挑起忍受和顽强
在这沉甸甸的秋野
同样展耀着金黄

蒹葭亦为草芥
似这戈壁深处
世代奔忙的老乡
英雄般坚守
以劳苦和清心听旷古声响
没有一根芦苇沽名钓誉
只把一生挚爱奉献给土地
用诚实和汗水挥写勤奋

用忠诚厚重把日子填充得
殷殷实实
唯心之潮汐
吟诵蒹葭苍苍

在红色沙漠看恰玛古开花

红沙河——血色瀚海
曾演绎死亡和传奇的沙漠腹地
几乎没人留意或注视
一棵恰玛古开花

恰玛古开花时节
土地已经无比温和
红沙漠血脉奔放，扼杀生命的白盐黑碱
阻挡不了恰玛古如期开花
如同种下恰玛古的姑娘
笑容和头顶的蓝天一样透明
无论你看或不看
花事和笑容一样灿烂
微风来时，一只蝴蝶
落在梳妆姑娘的秀发顶上

恰玛古开花的季节
碧空如洗，这季花期
注定是爱的迟暮
绿色衣裙，黄花或浓或淡
也许就是那么不经意地擦肩而过
不是因为华丽被感动

让透着野性的虚无缥缈的花香
迷醉你烦乱的心绪

撑着伞，缓缓走过时光流转
抛下世态，端详在这初夏季里
一棵恰玛古娇艳地开花

这个盛夏，让忧伤成诗

习惯了西北边城盛夏久旱不雨
习惯了在沙和火蒸燠的大漠中行走
行装已不堪累负
这世界
仅有太阳和沙的对白
颓废，不再是潮湿的眼睛
没有浓墨重彩
滚烫的沙土地
灼伤一切生灵
连同你孤行的影子

希冀一抹清凉
风过流年　若水的情怀
我走近雪山、青草，还有各色的花
贪婪地呼吸
畅饮这盛夏雪融的馈赠
和桑田共话
年华深处的厚重和沧桑
起念抚之不平
潺潺流去

回忆正在缓步凋零

荏苒在光阴里破碎不堪
不必刻意去遗忘
让阳光唤醒沉睡的过往
一切岁月的赋予在夏的季里绽开
晕染浅色的天际
许指尖的微凉
吹散一地寂寞
让忧伤成诗

六月的雨

六月的雨　在清凉的风里
把酷夏分成两个人
一个是清纯优雅的女子
穿着白衣裙
抚动着秀发风一样走远
消逝在雨水迷茫的风景
一个是浪漫热烈的小伙
长着蓝色翅膀的蒲公英
跳着青春的舞
寻找雨打岁月的痕迹
在风口
四海飘摇

雨水在季节里渐行渐远
曾经年轻的脚步
不再有心随弦动般美妙
初心依旧不安寂寞
把绵绵心事织成记忆的网
在无绪里解结缠绕
寻觅
一处安放灵魂的净土

六月的雨
依旧在下
在城市和乡村
东摇西摆
在夕阳余照里
和西郊广场的舞曲一起陶醉
年轻的哨声
一掠而过
唯一只鸟
在这六月的雨里
在城市的高灯杆上
安然若素

以花开之名，赴一场花事

念起，在万丈红尘里
与一朵花相遇
便是缘的开始
倾听花语
是沉沉羞涩的花事
相信三百六十五个日夜
就是三百六十五个轮回
一朵莲花的开落
便是诠释生命真谛后的空寂

或许，该把花期刻上一块向阳的碑石
记下红尘过往无意的一个回眸
一个擦肩而过的触碰
在迷醉的花香里
怦然心动
就以花开之名吧！
去赴一场花事
哪怕早已不是少年
睹这一季绝无重复的芳华也好

以花开之名，赴一场花事
在薄如蝉翼的绽放里打坐

静默如花
不再去思考人性
江湖和繁繁生息的万物
忘却半世沧桑和伤痛
任其自然
让花季在时光更迭里陨落
碾落入尘
和这场花事一起
遗忘在岁月里颤抖

远 方

儿时
在我的羊群追逐云朵的黄土塬上眺望
远方
是随黄牛犁过绵延而去的山峦
我在山头读书放羊做梦
梦里是山外有山无山的
远方

壮时
在我扛枪守护的冰雪原上眺望
远方
是一声雁鸣里惊起的心涛
我在雪山之巅站岗举旗做梦
梦中看到母亲点燃柴草缥缈炊烟的
远方

老时
在我劳作半生的三河交汇地眺望
远方
是一条明河一条暗河
一条明暗相间的河
我在塔河胡杨的落叶上做梦
梦里光明怎么也偷不走依旧温润的
远方

夏至时节

一只鸣蝉
缥缈着树间缝隙撒漏的浮萍
痴唱满树风情
让时光放慢速度
听远古而来的鼓乐
用土圭丈量岁月长短

云淡风轻的日子
听到电闪雷鸣中镰刀的声音
这一季
注定有轰轰烈烈
回忆被搁浅在那里
生长成半夏的沼泽地

小女孩　扬起双眉
唱着天籁般的儿歌
依旧在阴阳乾坤里成长
把日月雕刻成清晰透明的形状
沿着窗台　街道　河岸
伴着没完没了的蝉鸣
轻踱
浪迹于此

一只飞过深秋的鸟

从西北高地而来
一只鸟飞过深秋
风姿万种
在寻觅当年遗落的影踪
怕一片羽翼
落地成伤

秋风在浩荡长空涤荡了喧嚣
将寂寞穿连在季节的针孔
节序如流　婉秀在胸
给这个秋一个温情的安顿

一只鸟飞过深秋
无事夕阳拂起寒烟
在倦落栖身的一个俯冲中
听到桂花落地的声音
这一季
你要和谁浅浅相遇
这一季
谁又是你安宁中的回忆。

今夜，我的湖畔

今夜，我的湖畔
月光俊美　流云飘逸　清风澄澈
湖水碧若翡翠
在隐约而来的诵经声里
微微颤动　泛起
细密晶莹的涟漪
和天上的云峰共同流淌
随即沉寂

今夜，我的湖畔
纤尘不染
灵魂在高原澄澈的天宇中漂游
在高高的山口　乘着飘扬的风马
在草地、牛羊和鸟类中徜徉
我宁愿这一无所有的富足
在我的湖畔漫无目的地行走　沉思或想象
天马行空

今夜，我的湖畔
时空静谧　万物匍匐
天地间的众生
被曼妙的梵音和灵明的湖色洗透了神髓

湖心蓦然散射的光亮
刺痛了迷蒙的夜空
那是猫眼宝石中的九眼珠
还是哪位无眠的过客
不经意投入湖心的彩石?
灵动了佛光
绽出了一朵莲花开放的声音

今夜，我的湖畔
只想把温情淡化
淡化到湖水不再起涟漪
尽管　述说成了荒诞的宣言
可灵魂的色泽却从没有过改变
略带着往日幽怨
在哪一季岁月轮回里?
丢失了所有

初冬，演奏告别的断章

西风，在季节里性情裂变
霜露装点枝丫摇曳
在季节轮回的渡口
一只鸟儿在光秃的枝丫上摇晃
眼睛里没有离愁和孤独
习惯了这样宁静安寂
历经岁月风雨的洗礼
淡然而寂静

落叶同西风共舞
初冬的原野色彩斑斓
演绎梦幻与柔情
落叶蜷起伤痛
演奏这优美的和弦
唯美动听
倾诉一场绵长细致的爱情
赏心怒放　素馨萦怀
在守候回忆的日子里安宁

敞开灵魂的小屋
让初冬进来
流苏的世界

凋落的生命里鲜活着新生命的律动
用时间的无涯
去触摸年轮的斑驳
静静地在思绪里行走
饱蘸忧愁的秋色
待一幕漫天雪花
演奏告别的断章

带你去看一场落雪

风　在大山深处
带着深秋的寂寥
撩拨得山溪柔肠百结
垂暮入云
山的高度纳云入怀

牵你纤嫩的手
和一件风衣
带你在朝向大山的路口
山谷深处有鼓钟传声
将生命的弦音拉得吱吱作响

雪花　一位天外的使者
曼妙幽谷的精灵
演绎着妩媚　清纯
在绵绵细雨中优雅飘临
飘临在你清纯如蓝的眼眸
微笑着　义无反顾
融化在万般体贴的怜悯
有泪光闪动
时光　在无声中渐渐苍茫

有你的风景　整个世界
简约成山谷口的两棵树
任这场落雪
覆盖整个初冬的故事

在大雪初霁的原野聆听佛音

高原　大雪初霁
我以觐见者的心潮
站在红尘的渡口
聆听佛音
光的回向
又走向季节最后一个轮回

闭目合掌
摊开烦乱的心床
在繁花锦绣中
恍若隔世的离殇
任这清冷的风和光
把心绪整理得和雪原一样
在独有的宁静和安详中徜徉

山峦在跌宕绵延里
把生命释然成茫茫天涯
佛光中的玛尼堆
哪一块是投向心湖的石子
婆娑世界
给浮躁的人生
降一场普度的雪

翩然而落　寂然而归

心路有佛音相伴的历程
随缘自在　淡然自若
让飘浮的灵魂归家
心无挂碍
冥冥中一种灵性的觉醒
便知生命是一场最美的感悟

今夜，我在塔城

或许，是因为一场雪
将这灵动的佛光
普照给边城的我和你
我独自而来
就如二十六年前
你我一身戎装
在一个下客的站台
我们从此走失
相别在时空
无尽盼顾

天地转了
时空移了
边城在时空的脉搏里
走进了时代
我们在网络的同学群里相遇
已是人至中年
问妻问子！
期盼里
山水依旧
只是把祝福
传递给虚拟和文字

今夜，我们不期而遇
相遇在
边城的风口
你还是当年在黄土塬上骑着自行车
狂放不羁的那个少年吗？
在今夜，我们成熟
成熟成串串汤锅里的底料
任凭岁月的风火
调煮成汤

我们就在这边城风口
回顾那片苦难的土地
两只酒杯
四目相对
期待落雪亲临
用彼此额上的五线谱
浅唱那曲哨所边
早已长大的《小白杨》
再就着生活的作料
品味甘甜辛辣
将人生离味聚缘
干杯！

大漠随风

矗立在沙漠的太阳
研读胡杨与沙漠的爱情
固守了几千年
那是亘古般爱的传说

风儿在追赶晨曦
卷读一粒沙的含量
没有温情却是赤热
大漠随风

大漠随风
激荡着驼印里诗的韵律
有诗人来到的时候
风儿弃沙而逃

叶子的情怀

大漠里
注视一片叶子
流光溢彩的季节
一群游者走进沙漠
观光者一样的心情
在瀚海之边打闹、留影、扬沙
可谁，能去留意
一片叶子的情怀？

胡杨——
固守沙漠旷古至今的树
在布满恐怖沉寂的大漠
诵唱一首千年老歌
活着千年不死
死后千年不倒
倒下千年不朽
可谁，能读懂
一片叶子的情怀？

一棵风干的千年胡杨
挣扎着生长
一片绿意盎然的叶子

留住游者，感叹大漠中闪现的希望
生命因此而坚强
赞美沧桑　留意成长
一片诠释生命的叶子
同样饱经沧桑
春秋更替
大美无言

当一群骆驼穿过沙漠公路

横空出世
柔软平坦洁净的沙漠公路
一条飞天女抛下的黑丝带
为干旱的沙漠写上神韵
汽车和夕阳争夺地平线
车轮溅起沙丘
抛向夜来的方向
前方远处
一群骆驼悠然自得
以王子的姿态
踱着方步丈量沙洲
伟岸的风范赏无限黄昏
傲慢地穿行公路

汽车戛然而止
车轮刹出两条平行线
生着淡淡青烟
方向盘上笛声嘶鸣
握方向的人怒目圆睁面无血色
驼队依旧傲慢
面对眼前的庞然大物依旧目空一切
从容地欣赏着陌生

车内孩子和女人
开始手舞足蹈
赞美驼峰高耸鬃毛猎猎雄健的驼群
驼群依旧慢慢悠悠穿过公路
一峰两峰……
可坚硬的柏油路没留下驼印
驼队也没有了负重
嘶哑了驼铃走失了领驼的人
当最后一只骆驼以同样的姿态穿过公路
伸出车窗的智能手机
把黄昏和散漫的驼队融成风景
马达声再起
汽车驶向城市灯火通明的地方
逝者如常

在阔纳齐兰古城畅想（组诗）

按：阔纳齐兰古城位于新疆阿克苏地区柯坪县阿恰乡齐兰村东6公里处（原名阔纳先尔），是丝绸之路北道必经之地。汉代从龟兹到疏勒，这里是来往商旅必经的粮草补给站。唐代以后由于图木休克地区建立了蔚头州，所以此地又是蔚头州的东大门。清朝后期阿古柏分裂政权曾在这里与左宗棠军进行过激战。古城遗址面积很大，残存建筑物功能复杂，有民用建筑，有军事建筑，有宗教建筑，有农垦遗址等。缘分所系，有机会和友人去观仰，无不被古城的厚重、壮美所深深感染和触动，无不为古丝绸之路曾经的辉煌而遐想无限。新时代，在习近平新时代中国特色社会主义思想指引下，随着“一带一路”的大建设大发展大跨越，古城作为中华文明历史的见证，必将又在新丝绸之路上以新的风姿大放异彩。

一．马蹄声里的齐兰城

夕阳垂暮　黄昏血染
战马嘶鸣　黄尘入天
马背上的将军
手中的马鞭

指向大漠中间一汪碧蓝
从此一个传奇

齐兰城
在马蹄声里诞生
玲珑剔透

千峰万仞　大漠孤烟
战旗猎猎　马嘶人喊
刀光剑影中
稳健的驼铃由远而近
叮咚　叮咚……
自东向西　自西向东
驼背上的彩绸
把天连成
一诵千年的佛经

齐兰城
在马蹄声里长大
明珠般娇艳

秦筝琵琶　羌笛胡琴
葡萄茶叶　铁瓷骏马
骑马或坐车的商贾
忙碌成大漠古道的风景
夜幕降临的戈壁
猜拳行令热闹非凡

城西炮台的老兵
微睁一只蒙眬醉眼
无意注视斜阳

齐兰城
在马蹄声里成熟
雍容华贵

烽燧燃烟　碧蓝干涸
长河落日　风吹城跑
西起的黑风
狂沙漫卷
恐慌的人们
四处奔逃
死去的成了沙丘守城的红柳

齐兰城
在风和火的蹂躏中
油尽灯枯
在悠悠哀怨中
悄然逝去

二、齐兰城之殇

风　雨水　沙和太阳
大漠戈壁的妙笔丹青

汉唐的马
在蔚头州东门觅食
土黄色城墙
写满厚重　苍凉

左公剑锋所向
满地随风乱走的石头
阿古柏的叛军
湮没在万丈黄沙
南来北去的雁
传递山河光复的捷报

马背上的弯刀
钩沉一幅千年巨画
池塘干涸　土地龟裂
残垣断壁　飞禽走兽
时光在岁月里争拾碎片
依旧高高耸立的烽火台
几枚掩埋于废墟下的铜钱
残留的记忆
齐兰城的繁华在梦中摇曳

三、古城新韵

悦耳的驼铃声渐行渐远
新时代的春风

从几千年的古道吹来
唤醒你充满故事的眼睛
蓝天　白云　大漠……
和谐拥抱
你用全身的土黄色
为中华文明作千年背书

作家　诗人　文化人
干部还有背各种包的游人
坐着飞驰的车
为你修装　感叹
然后写下各种记忆和思考的文字

满载西行的班列
一路凯歌高旋
在百度云上织成数据的网
带你相伴而行
将相知远近和相遥万里的邻居
浓缩在鼠标上的手指间

伟大的思想
新时代的中华民族
又将在“一带一路”上
书写民族复兴的壮丽史诗
阔纳齐兰古城——
你亦将秀美成诗中
一颗闪闪的大漠明珠

塔克拉玛干断想

狂风吹裂石头在南天山肆意旋转
壮年的沙丘筑起沙墙横冲直撞
见证野蛮侵蚀的疯长
粮食和棉花如生命一样珍贵
在黄沙落尽的炽热里
在碧蓝如水的长空下
做一个千年的海一样的梦
鱼群和海草相互碰撞
在一声绝响中覆灭
胡杨和红柳开始生长荒凉
经年之后人类又把蛮荒点亮
绿的醉人　红的芳香

雁舞塔河

三月南疆的早春
是从金黄沙漠里孵出的鹅黄
塔里木河睡眼惺忪
扭动身姿
摇出一裳晶莹
孤芳自赏

雁自南来　再无锦书
凄美忧伤的爱情渐行渐远
雁鸣依旧
在寻找栖身的知音地
面对娇美的塔河之邀
献上深情的舞姿

和一方阳光共坐

一方阳光敲穿寒冷
躲过光秃的树杈
从我的南窗进来
静静地坐于书桌对面
是神交已久的故友
金子一样的姓名
我只有一杯清茶热凉刚好
敬于桌前故友相视一笑

我用麦秆编织坐墩
以修行者般的诚心打坐
一切是沉静的
沉默的人，沉默的阳光
还有那杯散着清香的茶
围绕我们的香烟和空气
都在沉静中交谈
谁也不想说话
语言铺满了我们彼此的心房

我爱这样的交谈
斟满用孤独酿好的美酒
阳光正好

我需要闭上眼睛

听她敲打灵魂的声响

直到她随时钟的节奏而去

也没有说声再见

睁开眼

茶已清凉酒已干杯

第二辑

成长虔诚的修行

时光无比温润

——致友人

当苦难成了你生活的底色
那一程
你走得痛苦　无比艰难
逃荒　讨饭　狼口下逃生
当寒冷在季节里走远
春花印在斑驳的底色里舒展
只是山梁上一朵普通的山花
普通得让人忽略目光
但这对于你
是渴盼已久的春天　意义
超越了任何伟岸的修辞
胸怀波澜
哪怕是一个只属于自己的壮阔
因为有了苦难做衬
灿烂得无与伦比

山里娃的生命　本就注定平凡
根本无须装饰可怜的虚伪
在物欲横流的浪头里
拼命挣扎
城市的风景里除了鲜花掌声　还有
行尸走肉的同类

租借貌似高贵的兽皮
遮挡卑鄙和肮脏
城市猎人
早把枪口瞄准了虚假和诚实
遍布陷阱的灯火
迷途成羔羊
万劫不复
或许，就在这远山牧马放羊
繁衍平凡的幸福
才是你的王道

像爱着诗歌一样爱着你的卑微吧！
你的诗行
和土地上盛开的山花一样
诚实　本分
不娇不艳　不卑不亢
同样迎接春临大地
花事如期
当天际飘来的云朵
给大地一个春雷的回响
山花带雨　温婉如玉
美的沉醉
面对时光
无比温润

岁月的沙漏

我在大漠的边缘拉扯岁月
胡杨、红柳和新开垦的土地
夜晚，黄羊、野兔和路过的飞禽走兽
在我白天乘凉的树荫下聚集
沙地干涸
流过一次眼泪
我在沙子堆起的高墙后劳作
夜以继日
在苦难里寻求丰富
光阴在沙漏里滴落
滴落成一棵枯死千年的胡杨
捡拾走过的风影
缥缈、迷茫、一切不经一谈

城市在沙漏里渐行渐远
在漠月浩瀚的夜空里苍茫
一只倦怠的鹰
对猎物已经没有了欲望
只有眼睛
依旧明亮地观望
一粒沙的漏遗
理想依然存在
面向大漠腹地
叩击岁月的回响

故乡简画

故乡！
是夜晚挂在窗外树枝上
那轮月
很近
近得触手可及
又很远
远得遥不可及

故乡！
在眼角的泪波里摇
在幽梦残存的回忆里摇
在黄土塬的山坳里摇
在村姑扁担两头的瓦罐里摇
摇出一山的风
摇出一沟的炊烟和“喔喔”的
鸡鸣

故乡！
是思念尽头的岸
总把牵绊
牢牢拴在岁月的码头
任凭外面的世界风大浪急

总是平静如初
习惯了喜鹊飞走后没有再回来
习惯了你的离去或归来
麦场边钻天杨树杈上的鹊窝
日复一日地陈旧
伴随着季节里杨树的枯枝
在时光里摇落

故乡！
是游子年轮轮回里两鬓
霜花
让外边的风，吹来吹去
岁月的犁和土地上扶犁奔跑的乡亲
耕耘无数希冀和向往
顺风的老村口
总是没有声响
直至你的归来
惊飞了老树上的鸟
陌生的惊鸣中
故乡！已是他乡！

山沟里的放羊娃

山沟里的放羊娃
把羊赶在了山梁上
羊在山上吃草
云在天上游荡
他在羊群后面埋头看书

他在书里
看到了山外的大世界
听到了山风翻书的声音
梦一样的生活
和这山里格格不入

山沟里的放羊娃
抬头远望
山之外仍然是山
山脉连绵在天际相交的地方
仍然是贪婪啃食草地的
他的羊群

再走江南

从昨天开始，我再次来到江南
看景　听诗　赏城　走路
阳光和绿水青山一样
温润娇柔
把一江红曲酒酿成故事
装满千里江山
梦想如一叶小舟
自江而下
我独坐其中
从清晨醉到夜晚再从夜晚醉到天明
把岁月醉成一首迷人的酒曲
任由你唱或者不唱

水一般柔软的城市和生活在城市里的人们
相信没有人能超越我——
一个从沙漠边走来的人对水
如生命般敬仰和珍惜
我的温柔和善良开始无尽地蔓延
不再相信
这世界还有阴谋、暴力、丑恶甚至仇恨
圣洁的水和水一样的土地
供养着苍生恩施怜念

我相信并膜拜传说中的神话
飞砖造塔
每一块砖诵读一个良善
赐人祥瑞保民万方

我也想放歌
可我的放歌总离不开沧桑和悲愁
和这烟雨江南格格不入
是经年已久的忧伤
我一万次丢弃却又一万零一次捡拾
我在不停地缝补
想让我的长天一色土地一色
做一场把狂风变细的梦
细得柳腰轻摆
会赏曲艺风荷
做一场把飞沙变雨的梦
在烟雨江南里摇摆
摇出霜露西风

修颗禅心以待秋

阳光已近正午
我独坐树下
小板凳　红马褂
奉着圣心圣意　注视
有我生活的楼栋
城市，为拯救苍生选择了静默
几缕秋阳，透过树叶
检阅几只麻雀
在啄食蚂蚁或其他虫类
空气清新宁静
读几行文字
几似听见秋蝉开始鸣叫
沉重的欲望之门开始关闭
随之而去的
是烦恼虚妄和人间炎凉的苦难

请以修心的姿态
让内心平稳沉静吧！
布施喜悦和慈爱
就在你的树下，就在你的心湖
修一颗禅心，始一片淡然
我收集草叶上的纯露

——这治疗旧伤的良药
送给高傲　蛮横　牢骚满腹的人
给他们一个灵敏的心灵
看到为大爱负重前行的行者
不忘失　不放逸
浮生平生的感激与涕零
给他们斜视善良的眼睛
含足感恩的泪滴
让语言开始温婉如玉

太多的人间烟火啊！
熏烤了多少鲜活的灵魂？
恣意横流的物欲之水啊！
冲刷了多少人间的美好和亲情？
或许，是因为行色匆匆
或许，是已经随波逐流
尘埃之尘早已让疼痛麻木不仁
那么，就珍爱于此间的静默吧！
放下你所有的偏激和不义
在你的心湖荡漾激走的风月
铺开尘封的纸张
心语如珠记述无数心灵祈愿
这个初秋，修以禅心吧！
淡忘流年
相伴善良和博爱静守安然

烈 秋

这个初秋
水乡江南，江河干涸
失去灯火的城市
在日夜轮回里煎熬
耕牛热汗浸湿皮毛，目光混沌
等待一缕夜风飘临
蚊虫疲倦
在牛粪里吸取营养
一位焦躁的贵妇人
娇滴滴喘息，大声呼唤一只远处张望的狗
“儿子！快回来……”

这个初秋
北方的云朵，水一样灵秀
干涸的河道如烈马嘶鸣
沙漠开始湿润
胡杨醉倒
草原美丽地生长
蝴蝶一个接一个做梦
候鸟迷失了方向
几个彰显个性的人
涌入了激流

痛苦和石头一样冰冷
守着夕阳的孤独
和风
做最后的辞行

秋雨中，我的稻田开始思考

好一场秋雨
下得如此柔软缠绵
斟满乡愁在酒杯里回荡
酒香里生长着我的稻田
稻穗上挂满思念
如同晶莹的水珠
湿透心灵嵌满柔肠
沐在秋雨之中
我的稻田开始思考
记忆中的辛劳
春犁夏锄挥汗如雨
稻身深躬
致谢土地上每一位耕者
稻香弥漫　恩泽满怀
努力生长
渴望每一粒丰硕美满

不论富贵贫贱
稻米清亮的眼眸
给予世界一个　众生平等
不分善恶良丑
均给予生者饱腹

或许，报之无有桃李
或许，饱食者早已忘却种稻之恩
稻米的香醇
始终以圣人的高度
普度众生

望过转弯的老街

时光经年
一个城市角落的转弯
早高峰的车流
挤窄了转弯处的马路
对面老街的路灯
准时点亮熄灭　熄灭点亮
日复一日
冬去春归

转弯的老街
围墙上画上了各色的墙花
映着春来的柳色
和鸟鸣催出的鹅黄
在春风里悸动
几粒细沙开始不安地躁动
南疆边城的春
总是蕴藏着粗狂

对面老街短发的女子
依旧在落了几块墙砖的
小区路口
静静地站立

是想捡拾时间滚过车轮后
碾碎的时光吗？
不，一切都是那样平静
纯净的眸子
温润了街前树枝的落雪
甜笑的酒窝
绽放着桃花十里

就这样，不惊不扰
就这样，时节如流
在繁华落尽的晨
只是一个转身
老街边唯一的风景
却早已不在
城市，依然坚硬
望过转弯的老街
只留下了一个美好的
回忆的影子！

缘 渡

是曾经歌楼听雨的少年
走进高原　面对雪山
伏于高山的玛尼堆前
听一根草苗成长的声响
风，把大海吹上长空
如此碧蓝
经幡扯住夕阳
问这一日一生一世的缘

春风抱来十里桃花
和这如若桃花的你
自此红尘痴恋
世界五彩斑斓
我的修行无言以对
谁能放下这所有的爱恨情仇
还有这三生三世的菩提
谁度我度你度众生
结一个善缘，结一个良缘
感念一世苍生

我若微尘
亦有佛心

我爱如海潮　波澜不惊
我的执念
跪上一地桃花
这万里之遥的边关
花开始迟　花落亦迟
高原之高
善待一切的缘
允诺一切的缘

我用思念做舟
待你来渡
我的晚舟
仍在昔日的渡口
一千年修行　一千年等待
缘来缘去看这如水长空
也许有一天不再留恋
青灯佛卷前
我念出所有的经文
就是对你一生的相报

大湾的狗

大湾的狗
忠实凶猛

大湾的狗
不是一只、两只、三只
有时甚至成群结队
它们每天顺着大湾　上蹿下跳
追赶过湾的人
发狂的架势
食肉分骨

这个湾
是我儿时上学每天必走的湾
那时，我甚至不足十岁
因为群狗
我差点成了村里继续养狗的人
是爷爷给了我勇气
说我是个：男子汉！

那个黎明
我一个人走，手里握了根长棍
是男子汉的气势

我勇敢挑战冲向我来
想食我肉喝我血的
一只、两只、三只
甚至成群结队的
——恶狗

狗总是凶猛异常、上蹿下跳
我的长棍和我的脚步一样匆忙
狗最终怕了我的长棍
我自豪地告诉爷爷
“我是个男子汉”
爷爷的笑容
托起了山头的朝霞

大湾的狗
还是每天上蹿下跳
而我，在和它们几年搏斗后
离开了大湾
它们再也没能等到
我这个对手

老风口

老风口，是常年刮过大风的山口
西北的冬天，老北风年年如期而至
千年长风
吹皱老风口龟裂的身躯
一阵落叶
被卷进埋藏故事的厚雪
封印在雪腹温暖如初

漫天飞雪中
一个孤影在老风口瑟瑟发抖
乌鸦早已飞走，虫鸣也早已寂静
时光在光秃的树杈上，等待度化
当又一个轮回在季节里苏醒
那树枝上悸动的鹅黄
是满含慈悲的眼睛

山 影

是因为怀念
所以总心怀忧伤
是因为爱
所以常目含泪水
是因为真诚
所以总伤痕累累
是因为善良
所以总被恶意中伤
夜色中行走的山影
把纯挚的感念
安坐于土地
沉重得让人窒息

初秋夜的黄土塬
天高云疏草绿风轻
山影行走经年
复述神秘而古老的故事
任思绪在夜空泛舟
载山影为你的灵魂背书
写下短暂坎坷的人生

山影是山的灵魂

在夜色里行走
山的厚重
总是沉默不语
任凭你行色匆匆
或以山为影
记留青春的身影
经年之后
或以山为枕
安放下你干枯的
　人生

遥望那颗星辰

今夜的星空
是毕加索挥抹的普蓝
一切是那样暗淡充满忧伤
我的目光
漫无目的地寻觅
苍穹如此渺茫
哪一颗?
是我寻找的星辰

满天的星座
哪一座是你的宿命?
你翩然归去
谁为你点亮星灯?
那是你的江山
你在其中坐立为王

恍惚中闪现的那颗星
是你了却红尘后
对我的问候?
我听到你吆五喝六的声音
没有向上苍乞讨时日

今夜你又酩酊大醉
为这凡尘情事
醉成一个遥不可及的
梦……

鹊羽桥边，那朵噙满泪珠的云

年年岁岁的秋风
吹瘦了织云的纤手
银河万古秋声里
物欲横流
喜鹊还未启程
是在评估献出羽毛的疼痛
还是承载爱情的如磐石坚？

我依旧孤独　依旧站在
本就属于我的黄土塬上
凝望　那朵断云
那朵噙满泪珠的断云
岁岁年年
我终究成了过客
举一盏消瘦
接下云眼里满目清泪

还是那朵断云
眼泪已是微不足道
轻描淡写的爱情
云锦天衣

是重织的新愁
织云的女子早已走进了爱情
却把这秋天里的离人
锁在了我生花的双鬓

一个人走过的春天

习惯了独行
在这花香曼妙的春天里
把梦想种在现实的土地上
看她开花　抽穗
企望　生长与成熟
舒展风尘中美丽的发现

注视一叶新草
还有枯涩盘曲的老树
生命依然蓬勃新鲜
心事飞花　天涯芳草
为红尘匆匆行走
粗疏了多少心事情节
流水落花　风飘万点

心境在春色岁岁老去中依旧孤独
孤独成河岸锁烟的柳
永远带着新鲜的疼痛
倒映成年华逝去
恍然惊觉中
光阴的柔情已湿润了眼角

揽一缕秋月，有清风盈袖

是夜　我在西村村口
万籁俱寂　月华如水
揽一缕秋月
一束流年的花
持心若水
斑驳陆离的人生
穿过西村回廊朝向大路的方向

一片黄叶
和着月光轻咏
饱含风霜的脸
尽显着生命的脉络
在命运的历程中
没有轻薄厚重

远山依旧冷峻
载满嫌怨却无比平和
顺山而来的清风
穿过玉米地
撷着满怀相思
充盈了我的衣袖

暮春的雨

暮春的雨
一位骄傲的公主
穿着纱裙
粉面丹唇
细腰柳摆
带着漠野的风
舞一曲粗犷
哦！是边塞南疆的暮春

暮春的雨
携落几滴残红
给曼妙的绿
更添几分浪漫
几分娇羞
希冀着生命
颤颤巍巍
如此强烈
如此激昂奔放

一个新生
伴着鸟鸣降生
翠翠欲滴

多浪河的波光里
絮花如雪
一粒渺小
在风的彼岸
破茧成蝶

晨过农庄

车轮疾驰摇出黎明
压下车窗　一阵清风惊出泪珠
炊烟缕缕轻飘曼舞
雾纱缭缭缥缈紫透
轻笼紧裹着
这熟悉而又陌生的农庄
把心事情节羞答答地装满

一位游子
念读了多少驿路风沙
却怎么也忘却不了
这农庄晨曦暮午的舞步炊烟
曾几何时
是那褶皱了再褶皱的黄土地
炊烟总有母亲添加的一把柴草
晨钟暮鼓　春秋更迭
母亲的手开始如柴草般干瘪
唯有农庄
炊烟伴着清新的晨雾依然

岁月沧桑怀乡依旧
感恩如黄土般厚重

我宁愿在烟与雾的农庄守候
若梦里祈祷
感念灵魂的归属
就是这样的农庄
催生了梦想、执着与求索
充溢本该属于人类的纯真、善良、勤学和直爽
面对生活　我无所苛求
唯有把最真、最美的祝语
借晨曦农庄的风
托给我辛劳一生的母亲！

一缕欲来的风

旋转在鹅黄柳枝头
一缕亭亭玉立的风
怀拥着鸟鸣
欲来探望我的情深的风

是花一样的衣裳
蝶儿游于沙枣花间的舞步
拨开朝向大路的窗口
款步而来的风儿
轻抚我困倦的沧桑的面颊

凝视指尖半截烟头
投入那困顿的日子
怕玷污了翠绿的晨、亭亭的风
春之晨花、跳飞的鸟翅托起太阳
那缕欲来的风温情炽热
融化了山那边的冰河川

月满时分

月满时分
揉碎心情
抛撒在无垠的苍穹
闲云野鹤的日子
揽一缕风在胸中
万种柔情

月满时分
静静倾泻的柔光
浓妆淡抹着深夜的高原
一洗素妆
一洗入云的长发
是那么温存地
海纳百川

于是
我失却了自我
寻觅不甘寂寞的灵魂
在满月的柔照里
行走在圣洁的高原

轻轻地

摊开我的心绪
无语感言
任由她静静地倾泻
月满之夜
天马行空

在窗的另一角看雨听雪

整个一个初春的下午
我独居窗角
透过一叶窗的镜子
注视一朵
落雪
跳着街舞
秀发翩飞
眼眸是近乎混沌般清洁

是花　是雨
都不再代言灵魂
只是草尖儿上
冷醒之后　警觉
赤裸的一尖尖儿绿
才将诠释生命如春

在窗的另一角
紧锁衣襟
这个春啊　不是仅仅的乍暖还寒
只是将记忆
飘落于干涸多年的土塬
同土塬一样生长

生长成满目苍茫

或许能将心绪
调成一截不长不短的音符
在一个人的角落　看雨听雪
寻求
还会有雪雨季节里萌动的青春
如痴地祈祷
让青春不会是年华

在窗的另一角
蜷缩成弓
却怎也无法抗拒
追索天际的那朵云
愿如这雨这雪
伴生高原上的韵脚
一只燃烧的火鸟
唱响雪塬
融进这点点的青草色

独行于黄昏的小路

黄昏的晚霞
将本是土黄的黄土地染成了橘色
夕阳在云彩之后
有泪花闪动
感动于目光混沌痴情西望的老牛
鸟鹊归来　唱它们宿前的晚歌
惊起暮风轻拂我发鬓

沿着父辈的脚印
我在宽厚的黄土塬的小路上散步
我的羊群迎我而来
背着的橘色的晚霞越来越暗
天空的蓝也越来越不像海洋
留恋的光阴将斑驳陆离的彩云印在对面的山头上
气势若虹

黄昏向晚
孩子们喜悦于暮色中的炊烟
早起的圆月
绘制一个凄美宁静的山村童话
暗香浮动
多想把一杯陈年老酒
连同这人生百味
昂首饮下

在暮春夏影中看秋阳斜照

整个这一个春
还未曾领略柳岸烟雨鸟语朦胧
未曾顾盼老树羞花韶华流年
未曾吟咏百般红紫芳菲斗艳
春的希冀
就仅留落了残红一片
尽染了年华

我在立夏的窗口独坐
在夏令的时节里消瘦
消瘦成窗台角边的物影
指尖的烟头燃烧殆尽
把心路带上了无尽的孤独
一阵弄帘的微风
吹落我半白的发丝

我在注视生命的恍惚中入睡
暮春夏影里
下一个秋意斜阳　老叟孤影
那片残红怎如暮春相似
心绪在无尽的蜷缩中颤抖

挣扎成幽静小涧缓缓清流

曲折　坎坷　优美而从容

释然成无意街边的绿柳

人生一世　草木一春　随意随缘

秋水一泓，那似曾见底的愁绪

秋水一泓
在高空掠过的雁群声里坠落
不惊不扰
在大漠深处
任意一个角落
映射长天

一夜秋风
染一树霜华
树枝上滑下的冷月
映了片片落红
在一场宿命的轮回渡口
剪一季芳花　书四季风月

这一季
是谁的风景　谁的离殇
在注定收获的时日里
满目空空
是这一季的殇吗
还是这轮回里没有你的奔忙？

何处布满愁绪

在心底最柔最软的深处
搁浅着载梦的小舟
还有那舟上的孤灯
在芳菲离尽的季节里摇曳
摇曳成
那似曾见底的愁

期待再见时，已是满目秋霜

那年
几座山峁
隔断了音讯
满山口掠过的风
刀一样刮着无一遮拦的黄土地
大地张开干裂的唇
痛苦地呻吟
风一样的我
在冰冷的绿皮车厢自恨成伤
漫无目的西行出关

朝露年华
在颠沛流离中
唯美了流年
黄土高原的风
依旧直通通地吹
把日子的艰辛
褶皱成满脸犁沟
惊艳了岁月
几场依稀旧梦
把思念呵护在时光的错爱里

雁声如痴
在心最柔最软的角落
经营我天使般的爱情
宁愿往后余生
是一场十里春风不醒的梦
我永驻其间
梦想诗一般再见
在逐梦的远方
别人走不进来
我走不出去

期待再见
却躲避再见
好若再见
愿你如诗如远方
让我许下一眼万年的诺言
如若再见
愿你满目秋霜
而我已是满目秋霜
在劲冷的山风里
颤抖成岁月存在

雨是云的泪裳

碧蓝之上　一朵云收起行囊
自东向西　随风而去
山顶上的牧羊老人
送了一段古老的情歌

一路西行的云
回首盘旋　再回首再盘旋
把牧羊老人的心事
装满黄河古道里九曲十八弯
亲吻了再亲吻
褶褶皱皱的黄土塬
随着一粒沙
融进了天的那一边

云走累了，想着心事
雨是云的泪裳
云是雨的愁肠
在巍巍的天山顶上
早起的太阳
把心事和愁肠
渗给了大漠　还有固守执着的胡杨

因此九月的胡杨
满天满地金黄
拾一片落叶
品味云的泪裳
雨的愁肠

虚妄之修

那天，你说你已放下浮华
愿在尘世间寻一处静幽
也无所谓静幽
就是寻一处可以安放心灵的地方
做一程崇善的修行
你说你已经远离红尘
可无法独自面对青灯黄娟
我说我也已看破红尘
可这尘世的风啊！
总吹得人心乱如麻

或许，急需在一个城市里归隐
或许，你的隐与不隐根本无人在意
只是你的本身，给平凡套上了枷锁
需要历尽苦难的禅修
而我把我的平凡
抛在一层又一层的虚妄里
挣扎
拼一场彻底的蜕变
把良善举过头顶
用诚实虔诚的供奉
在雨后，我想和夏日的凉风

共享余生如海的蓝天

你依旧讲着你的修善喋喋不休
手捧着花环和染色的岁月
在迎合世俗的虚荣
在生硬的掌声里忘乎所以
我在彼岸
看着你即将靠岸的船渐行渐远
载满空虚和寂寞驶向汪洋
我的迷惑长成高山上的一块石头
红尘，依旧是你的皈依
只是习惯了
把修善装饰成一种点缀
挂在飘摇的躯体上
虚妄成形式的修行

在城市的地铁口怅望

夏雨斜阳　这梦幻总在天上
沸腾的城市
和城市沸腾的人群一样
谁还留意　这黄昏夕阳
我在城市的地铁口怅望
一无所想

若置身世外的看客
人群在同一个朝向
再看不清面容身形
以各种形状　挤向朝家的渴望
这个时代
旋律几近疯狂

入口在朝东的方向
人群同样匆忙
怎把人群看成和小蚁同样
在这个站口
却是蚁穴出入一般恰当

蚁族
就在这个入口

怎也找不到我该入伙的地方
我已习惯牧马放羊
而这个站台
已朝向年轻的方向
年轻的志向　在地铁的出口
目光托起初升的太阳

栀子花开的季节

栀子花开的五月
没有忧伤
我站在北方边塞的这条河上
读你的芳香素雅
天和这湾河行走成一张色彩
有风吹过的时候
褶皱了云朵

多少个清晨黄昏
河成了城市的新娘
少年的一个故事
我因为想象来到这里
遇见无人看守的栀子开花
风依然在吹
却不知从哪个方向吹来

在日子中穿梭
总是等待下一季栀子开花
哪怕再一次行装匆匆擦肩而过
你依旧生机盎然喜悦烂漫
岁月黄昏
我在暮色的斑斓中颤颤巍巍

寻找可以歇息的一块石头

离那个约定还远吗?
夕阳把灵魂刺得滴血
这条河泪光滢滢
在天的那一边
相约在清晨花叶的露尖上
默记属于你永恒的誓言

陌上花开

阡陌之间
泥土肆意舒展
初禾刺穿了春风
点染土地悸动的鹅黄
陌上正待花开
花事年年　走近你
触摸大漠如烟

还我一颗尘埃
将军的身影恍若烟柳
陌上已是花开烂漫
年轻的鸟儿
已飞向城市的方向
这里本就没有喧嚣和留恋
一诺千年　早已不属于爱情

风把记忆
褶皱成聚散离合
年年复始　岁岁依然
陌上已是花若锦缎
飞过陌上的高铁
怎不待花事如期
行走天涯的无奈
负重着生活苍白了人生

好喜欢，这初秋季的遇见

飞来天际的和声
西风轻抚岁月瑶琴
轻歌曼舞
温润晶莹
穿着彩衣
风一般行走的女子
走过成熟的泥土地
和庄稼的清香
听到生命成熟的回响
湛蓝而干净

初秋季
在岁月和尘世的揉搓里
渲染成五彩烂漫
她从云上走来
淡淡地羞涩
浅浅地微笑
眼眸里装满星光
在一帧飘逸丰韵的风景中
掀开经久尘封的记忆
那五百次和擦肩而过的
前世今生

日子
在满树摇曳的缝隙中
净化成蝉
经历蜕变懊恼后释怀
在恩怨演绎中结缘
以悟惮的心态
修炼摆渡这因果劫难
不惊不扰
在静默守望里
感念岁月如此静好
好喜欢，这初秋季的遇见

又是黄昏时候

当云彩在西天燃烧成火
烧红了天
忙碌的人们
谁也没有看见
当太阳骑在西行的驼峰
把时光，毫不吝惜地
抛洒给，大地山川
远山、近水
和这土地上生长的万物
羽化成万道光霞

我在镜子里陶醉
卸下一日妆容
目光虔诚地注视
——黄昏
空气温和而稀薄
忧伤但并不哀怨
时间的钟摆
在树枝尖上
均衡平静和淡泊

如果黄昏很美

可否同我共把愁绪和悲凉
面对黄昏，一饮而尽
如果霞彩娇媚
可否留她在深皱的脸颊
哪怕是，枯木逢春
如果光阴很美
可否一起看着夕阳老去
随意流浪，四海为家

那么，来吧！
在这垂暮黄昏
不再恋念苍生
这里只有你我
还有我村头溪边的小屋
把我们的长梦
说给从天山而来的明月
任凭屋外——
繁华尽落

许你归来终老

无论你无情还是薄情
土地总是那么热切地袒露着胸怀
从土地上走出去的人
很容易忘却了土地，甚至她的色彩
在城市的灯红酒绿里纸醉金迷
当一切风云退去
土地上奔离的人
像思念亲生母亲一样
想见那块土地
或许，已是把往后成为余生
用流年摔打情绪
在晾晒经卷的经石上晾晒心情
在季节轮回里疗伤
即使友谊横遭天劫
把信义写成长长短短的句子
在物欲横流的世界里
束之高阁

唯有那块土地
那块因你的离去荒芜的土地
也是曾经属于你的土地
她的温度

和母亲的怀抱一样温暖
你腰缠的时间
和你的功名财富一样
所剩无几

这里依然安置着你——
曾经的单纯和阳光
风依旧温和　土地温润　光阴充盈
就在这城市的边缘
许你归来，慢慢变老
是尘终归于土地

归 途

十月　沙海深秋
雁早已南飞
你可备好了行装
风起的时候
胡杨叶铺满金黄
你的目光深邃祥和　平静如水
风　乱吹着头发
是在寻找前尘往事里与你的纷争吗
飘起的华发
刺痛了秋
落着点滴泪珠

行装之外
别忘带上那件旧衣裳
遮风挡雨
同样抵挡这日日秋凉
沙上的秋雨　点滴行程
却留下入骨寒凉
长路漫漫　曲折成人生
经历的何曾是忧伤和苦难
或许　在这归途的驿站
一切都将归于平淡

风在沙上行走
迷茫了过眼云烟
还原了生命的初衷
自然的伟岸亘古不变
因为有了远方
这因果禅念
让你不再回眸
走上归途
没有江湖没有诽谤的余生
让生命回归本真

云 路

祖先走了几千年的路
仍旧在穿梭中延续
一群从梦的青年
在云上行走
天马行空
足无定所

新时代的人
行走在云端
梦呓般交流
诗一样生活
用智慧
把人生搭建在一朵云上

从此
人如真空
飘逸在世上任何一个角落
经历失败乃至成功

这山这水这云

只是仅仅一次的擦肩而过
我便如此地痴迷于你——
破城子——夏特古道
多少次魂牵梦绕多少回深情向往
从未如此地牵绊
让我血脉奔涌，心潮澎湃

当再一次走进你
已是西北半夏
以一个虔诚的崇拜者追求者
拜读你亘古的诗卷
读你每一峰的壁立千仞
读你每一条河的九曲回肠
读你雄峰之上的冰川银雪
读你千姿百媚的彩衣霓裳
读你的千回百转
读你的旷远神秘
……

走进你
我把灵魂开始安放
不再去想坚硬的城市和城市一样坚硬的人心

不再有仇恨和燃烧仇恨的烦躁
不再去用焦虑交换岁月
不再去听车水马龙中的嘈杂纷争
不再去看虚伪遮盖的尔虞我诈处心积虑
只属于柔软的长谷
是如此地融化在深谷里的泥土之上
每一颗石子都闪着泪光
因为懂得，所以慈悲

走进你
听每一条河的旋律
高级灰的舞裙，素面朝天
用激情和火热旋舞出冰清玉洁
每一滴浪花
献给人世间一个决然的回眸
颤抖于瞬间给大地以灵动
正是这一个眼神
结下这山这水相依亿万年的拥抱
这如此深的爱恋啊！
羞闭了繁华

走进你
躺在你温情的臂弯里
我以山泉作酒，开怀畅饮
醉得神志不清
听山谷里风信子的故事
听虫子和鸟的对话

听神鹰的哨子穿透长谷
天空碧蓝，云朵如棉丝丝如网
在风呓虫语里入睡
这山这水这云
这久醉不醒的人生！

走进你
给迷失的心灵洗礼
你可曾听见一阵冷雨刮过石桥？
你可曾看见天空如此湛蓝？
你可曾听见浪花旋舞的韵律？
你可曾看见一簇麻黄草的嫩绿？
你可曾如此释然地面对？
这淡然的逝去和装满希望的将来
在人世间的舞台上
去留无意宠辱不惊！

钻天杨

西北风凛冽，把黄土地的贫瘠吹得瘦骨嶙峋
拉得黄土坡下的杨树笔直倔强茂盛地生长
转眼身高十几丈的树
老人们取得名字——钻天杨

树顶摇摆的喜鹊窝，总能叫出撒开半川的太阳
金灿灿的色彩
把我的羊群染成了黄土色

父亲的脚步总在树下衡量
旱烟袋里冒出的烟丝
把钻天杨熏成新房的大梁

行者的救赎

冬季的塔克拉玛干是沉静的
金色的沙粒一直没有改变
冰河里一群塔河兔在肆无忌惮地游戏
太阳升起的时候月亮还挂在半空
我只是一个卑微的行者
在如烟的大漠戈壁里
日复一日地行走
几乎没有重力
行装干瘪，精神恍惚
但却心明如镜

请别用你的高傲冷漠和上弦的心机对我
我只是一个卑微的行者
全身无刺，躬耕躬行
天赐的良善注定不会攻击和伤害
只选择和真诚博爱同行
请别再为我允诺或以任何形式的欺骗
我看过大漠中唯美的海市蜃楼
我只需要水、充饥的食物和真诚的大自然

请别再嘲笑、讽刺、挖苦
恶语的钢刀早已鲜血淋漓

对于一个卑微的行者
请收起你毒刺的刻薄吧！
无谓的妒忌已让你面目狰狞
我本无意伤害
丝毫影响不了你的伟岸和正确
对于你的动机
我用慈悲奉上莲台
为你诵读劝善的经文
做一场虔诚的救赎

苍 白

似乎已经忘却了所有的记忆
面对一张照片挖空心思
所谓着艺术的提炼
早已习惯了鼓掌和随波逐流
困顿于可怜又可悲的思维
貌似智者的愚昧
在冬日的世界里
苍白成曲线

从此，我不想再去争辩
甚至是违心的表达
皇帝的新衣更加冠冕堂皇
一切合情合理
诚实让冬天的夜空更加寒冷
一个人的窗口
面朝圆月
苍白成霜

第三辑

岁月自然的灵悟

夜 风

夜风，是清冷的刀
如同失恋人的眼光
忧怨刮出白露
在蒹葭枝头开花

夜风，是双刃的剑
把秋天刺痛
又摇下无尽的落叶
覆盖伤痛

夜风，是一支笛
把这半生的离苦得乐
吹奏得优美又伤怀
我独坐其中

夜风，是一匹马
性烈如火却温驯听话
驮着我的希冀和疲倦
一路前行

夜风，是一叶舟
不大不小

恰好载满我的思念和牵挂
驶向苍茫

夜风，是一把犁
犁开时间的沟壑
种下我后半生的
希望和苍老

夜 画

夜画
是农家傍晚炊烟熏出的版画
是素色的
是容纳了宇宙乾坤的
非黑即白

夜香弥漫
霓虹灯牵绊住脚步
城市把夜色涂鸦得
五彩斑斓
夜晚没有了优美的寂静
黎明之前
围绕着圆桌亢奋依旧的人
把最后一杯穿肠的毒药
当作忠心一饮而尽

当时光渐远斗转星移
捧月的星星各自散去
你可曾寻得一处风景静好
平静如初
呼吸如细丝的薄雾

缠绕星星和月亮

柔软成岁月的笔墨

把夜

画成素色

夜 影

当黄昏把晚霞带走
和羞涩缠绵
夜晚开始清静
思想冲动在夜里流畅
颤抖一日的辛酸甜美
举一杯陈年老酒
和星星对话
期待月儿升起

月色皎洁
是一位冰清玉洁的女子
纤纤细步　口若含珠
我痴情地凝望
婆娑的树影落入酒杯
清香的翠绿
季节在不经意间偶遇
想把我的痛苦和美好
偷梁换柱

我喜欢这夜的宁静
喜欢夜月的皎皎光华
哪怕照出我苍老的影子

照出我斑驳的人生
我愿意倾诉我的坦诚
用我的执念
爱我所有的一切
离苦得乐

我想把这月色和满天的星辰
全都盛入酒杯
不，我确不该如此
只取一滴夜色
取一抹星辰
取一缕夜风
取一角清幽
和着岁月的影子
干杯！

夜晚和他的葡萄酒

边城的夜晚是在酒里
来的时候脸已通红
手里拎着瓶爱琴海上的葡萄酒
城市在沸腾之后的人群里睡着了
深冬的西北边陲的南疆小城
睡得跟婴儿一样安静、甜美、清香

夜晚不再黑暗寂静
在阑珊灯火下享受美酒和美食
人们不对此作出任何评估
不想要什么，也不想做什么
夜晚和他的葡萄酒
有一种深情款款的泰然自若
怀疑一切忠贞，甚至怀疑对
自身绅士和虚怀的了解
在醉与不醉的平衡点上保持沉默

夜晚如睡熟的沙漠一样恬静
一粒浮于大气中飘浮不定的沙
一条借温度流动的河
在灵魂的静态里呼吸
不同凡人一样行走、弯腰、欢笑、哭泣……

删减了无数繁文缛节
大碗喝酒大块吃肉
醉也醉个淋漓尽致
踩着云朵摇摆

把形式只当成形式吧！
夜晚和他的葡萄酒
把永恒分解为葡萄酒的漩涡
将自我融入其中

杜康与狄俄尼索斯把盏

一位身着官服　温文尔雅
从道家文化的洗礼中
饮空桑积郁之水
饮而得神
一位金发碧眼　浪荡不羁
从古希腊葡萄酒窖里走来
身后总随着一群美艳女人
吮吸葡萄之液
饮而得神

两仙飘然于世
在地球的每一个角落
布施爱、恨、情、仇
不论时代、语言、肤色、性别……
把光阴拉在两只酒杯相碰的边缘
亲吻……
在活人的肠胃里　死人的墓碑前
漫不经心地把盏
肆无忌惮地狂笑

从此
不再讲究历史、奇方、粮食或者葡萄

不再需要唱本、宝卷以至劝善之书
甚至
不再需要语言
燃烧于眉宇之间的璀璨火焰
足可以融化了整个
——北冰洋

夜雨钱塘

今夜
我从北方而来
从沙和风的北方而来
我倦怠疲惫
心如旷漠
粗糙干涸得裂痕累累

今夜的钱塘
细雨绵绵
静美娇柔
雨落发际
我听到敲打灵魂的声音
渴望已久欲说还休
只是用温润的手
洗落尘世的奔忙

春的钱塘
没有惊涛骇浪
雨落钱塘
是热恋中的情侣
温柔娇羞轻声细语
我在岸上

干瘦得让灵魂恐慌

闭上眼
听到细雨落江的声音
一个蓦然回首的眼眸
一个欲走急回的匆吻
一曲述说无休的哀肠
……
今夜我在雨的钱塘

燕子归时

春日午后
我孤寂倦怠的眼神
被一抹鹅黄刺痛，那翠绿
在柳尖上娇嫩欲滴
哦，这是春的使者吗
还是一个经年的梦？
一剪春风
裁剪我一头华发

燕子归时，绝世的舞者
袂裾翩跹
翩翩而至　悠悠而往
盘旋逗戏于纤纤细柳
柳岸干涸　寻不得一汀烟雨
燕子归时，已不喜不悲
十里春风桃花遍染
想是要结给谁——
这一世情缘？

心湖若春水湍湍
燕声呢喃，已是寻常
却惊扰得涟漪层层

那块湖中的磨心石
恍若经年
是哪位不经事的少年？
就这样随手扔进
惊得波澜滔滔

你可曾赏得梨花带雨？
让年轮沉静在春泥中摇摆
我却沉默不语
注视你红润的眼睛
开出这一春的花季
花事连连，你的泪滴
落成记忆的珍珠

夏夜无蝉

火鸟颓废的双翅
再也托不住炎炎夕阳
夏之夜
浓妆艳抹成各种姿态
妖艳如斯

一双暗夜透过黑窗的眼睛
狰狞地窥视对面群楼
似有同类四目相撞
龟缩成夏夜阴森森凄冷

夏之夜
因火成魔
多少不夜肮脏的幽灵
酿制毒害良善的蜜药
把人性焦灼得
千疮百孔

夏夜无蝉
唯心存良善的人们啊
在夜的宁静中过滤忧伤
便有心蝉鸣起

婉转成一泓清丽
弯弯曲曲成诠释生命的幽怨

一场苦旅
一场寂寞无助的修行
在禅意的参悟中
点亮心灯
用良善的博大
清除苦热
旋马之地便如海阔

倾听一树花开

花事如期
季风孕育着岁月的潮汐
任流水的时光　时光的流水
装扮出彩色的季节
我形容憔悴　心无旁骛
倾听一树花儿娇柔绚烂的绽放
花开处，是你我走过的天涯

风尘中的沧海桑田
人来人往，怎么也找不见红尘轮回
一成不变的花开花谢
谁在宿命中徘徊?
我打坐莲花　滋养灵魂
在花开的喜悦里对生命进行宽容

在静听花开之后的落荫里
许岁月宁静
在生命无情的渡口
将自己心事细数擦拭
连同落花一起
叠藏得严严实实
不得让人　心生怜惜
擦肩而过的风
没带走一片落红

这场雨　跟季节无关

一场说来即来的雨
淅淅沥沥　忧伤淡淡
把日子挂在风中摇晃
期待一场美丽的邂逅
向往如初
将已干裂的心和唇
滋润得活蹦乱跳红润如桃

那醉人的绿
和草的醇香
从一只鸟的鸣叫里
淡淡芬芳
独你在镜前
有意无意地注视几根落发
此刻　镜子只关注你的忧悒

在墙角
听到雨打芭蕉的声音
疏骤自然　不染尘烟
世事繁纷早已是人生过往
击打着灵魂靠岸
在落花的时刻看似水流年
这场雨　跟季节无关

麦熟季节（组章）

一、麦熟

远望麦田
思想是季节里的瓢虫
在湛蓝的天际赏心悦目
一朵云在奇思妙想
有梦的时节
在大美的田地间破茧成蝶

我在如黛的田垄上独坐
尽享泥土的芳香
在自然　清新　祥和里昏昏欲醉
依偎在麦地深处
若倦怠回归的游子
任由性子在山峦中躺成大字

麦浪在眼睛里成熟
一切都是那样优雅　从容
轻些，再轻些
请别扰了麦芒上那曲情歌
哪怕是人老一年田黄一夜
厚重的土地最能承载爱情

来不及海誓山盟
便可平度一生

二、麦粒

热烈地孕育
这金灿灿的爱
脱去稚嫩的成熟
我如一位虔诚的信徒
最后一次摊开双手
捧一捧新生命于我的掌中
向日月做内心的祈祷

麦粒
摇摆着成熟的躯体
光芒四射
含一粒入口
芳香无比
粒粒可爱的精灵
在农人的汗水里晶亮剔透

多少人曾为你饥肠辘辘
为了追随的人们
义无反顾地将自己粉身碎骨
在人们无尽的欲念中
香消玉殒

三、麦浪

风，走得如此轻曼　娇柔
是一位成熟浪漫的女子
在金色的浪尖轻摇慢舞
高山流水
在麦穗的键盘上叩击
曲高难和

成熟的节奏里没有喧嚣
在麦田的尽头
是我儿时拾穗的村姑
脸蛋和麦粒一样粉嫩含羞
捡拾父辈身后遗落的麦穗
把握得齐齐整整
似一捧燃烧的玫瑰
致向她未来的青春

麦穗在风的浪里摇摆
世界如此美好祥和
把心扑在麦浪中徜徉
任他世事万般纷繁
我只想在此守候我忠爱一生的麦田

四、麦茬

父辈们的镰刀
早已失去了光芒
如同他们的年轮
寂静　孤独

老人的目光
不再注视天边翻滚的黑云
那个吐烟的龙王
也已云游海外
这一季麦粒
笑开了老人满目岁月
夜虫唧咕
叫响在那边山头

麦茬
在机器身后留守
是土得掉渣的辛酸和爱怜
锋芒尽失
繁花落尽许其清宁
待岁月的犁
将他埋入泥土

一枚落叶划过窗前

几近黄昏
我的目光和冬天的温度一样冰冷
没有思想
灵魂冷静得如荒漠的冬
一枚落叶划过窗前
极光般的速度
刺痛了我的眼和冷漠

年轮的渡口
在季节轮回中
朝暮苍苍
往事尘封经久
我在镜子中消瘦
捂痛一枚落叶划过的伤
用真诚给生命一个深情的安顿
门掩黄昏　沧海守望

倾听落叶入地的声音
那么纯粹　决然
这样决然地换取新生
和着冰冷的风

我听到了凤凰涅槃的声音
不惊扰任何人群
洞穿大地一个裂纹
孕育明春一个生命的音符

初秋夜星空

初秋夜
苍穹幽蓝深邃恬静
星空灿烂　馨风轻曼
已是很久没有仰望
遥望天际那颗熟悉的星辰
夜的深处
田园朦胧　山影幢幢
浩瀚天宇以星为饰
是对生命希冀最完美的诠释
灵魂被洗涤得纯净而空灵
对生命充满敬畏

以天为幕　以地为席
我独自静坐
享这独一无二的安宁
倾听秋蝉蜕变的声响
一丝优柔的忧伤悄然袭来
荡漾一地闲愁
秋虫呢喃
充盈婉约凄美
不再在得失中纠结
那本桌上的闲书
记述着
过期的故事和已故的故人

踩石而歌

地壳在奔跑，海洋在奔跑
追赶一场雄壮的降生
震裂乾坤的阵痛
天山分娩
在离天最近的地方
生长成龙的脊梁
亿万年寂静，亿万年长青

石头在生长，河流在生长
库玛拉克河，托什干河
在万千爆裂的经脉里野蛮冲撞
带着沙流、希望和灾难
万年长风
吹摇一颗诵经的石头
骆驼刺艰难地生长
年复一年
生灵朝向沙漠成长
见证于最后的死亡
壮烈如斯

四季的狂风撕破石头
在期待一场落雪的季节

寒流从峡谷鱼贯而入
大石峡！这个以石头命名的地方
一群红色激流逆行而上
从葛洲坝、江城以及神州万方
奔赴而来的青年
红衣红帽
在大石峡粗野的风沙里站立
义无反顾
勇毅地将家扎在了寂寞孤瘦的大石崖下
以战士的姿态
站成大风中的一棵树

寂寞千年的石峡开始沸腾
环山而鸣的汽笛
把思念寄在云端徘徊
数千个红色符号
在创造世界又一个奇迹
世界最高——混凝土面板堆石坝
经年之后
这天山之腹将诞出平湖
江城的雨信
孕育一个伟大的新生
湖上的微波荡漾爱得深沉
葛洲坝，大石峡
这依山依水之缘的牵手
将为干涸的沙洲降下福音

如沙石般平凡
以钢筋水泥浇筑伟岸
爬云梯、下基坑
任凭汗水在轰鸣中飞溅
绝不疏漏任何一个蚁穴
当太阳让石峡足够地滚烫
冰川融化的轻曲
想把睡梦中的青年摇醒
不！轻些，再轻些！
怎忍叫醒只想留住她的孩子?
这群天真可爱的人啊!
在绘就大写的人生
用他们年轻的生命和热血
在汇聚大漠生命之源

睡梦中，带着微笑的青年
听见沙漠奔腾、万顷胡杨奔腾
灵兽和所有的生物在别迭里烽燧随想
尽在奔腾
这群从祖国四面八方聚拢来的汉子
踩石而歌
歌声扶摇万里
在塔克拉玛干灵动地飞舞
深蓝色的梦——
天地一色
冰清玉洁

诗人，走后

黄昏落幕，天依旧下着雨
城市的灯火，已成夜的风景
阑珊成一颗水珠　晶莹
诗人，除下最后情节面具里的狂笑
如同除下那件包裹皮囊的名贵衣裳
含泪的眼，穿过雨珠
温润在瀚海中一簇红柳枝头
沙的边在天边
驼铃背上有经幡转动
用雨脚的愁绪结尾
写下落款

诗人走后
关上了那扇伤痕斑驳的窗
雨水很快洗刷了他的脚印
在接天的远方
他相信一切都是因缘　聚散
他已经没有了忧伤
困苦让他只剩骨头
诗人走时，内心燃烧的火
在雨的夜晚点燃

在雨的夜里熄灭
就这一夜
烧毁了他的悲愁
与世人无关

请别问

请别问来处还是去处
请别问高职还是低位
请别问富贾还是百姓
就让这相遇一瞬的颤抖
酿成岁月永恒的记忆

请别问四季冷暖
请别问世事沧桑
请别问厚意薄情
就让这憔悴的纸页
记载时间流过的泪痕

请别问来日是否方长
请别问流星消逝的方向
请别问月亮阴晴圆缺
就让夜风缱绻成悠长的牵念
择一所虚静
追寻前尘往事里
那颗滴落尘土的露珠

诗人·命

无比优雅　高贵　浪漫的名字
——诗人
当诗人把目光投向远方
远方和灵魂
便交汇在心灵极限的坐标上
焦虑成诗
诗人一夜成疯
抛家弃子　负囊远行
寻找光环之下的辉煌

疯子一样狂想
注定苦旅一场
本愿以诗改变了命
诗却始终保持着孤傲和清高
把诗人的命
牢牢捏成愁苦和哀悲
甚至凄惨
诗人改不了命
命便成了诗

感动在静默的时空里

庚子之春
因这肆虐的瘟疫
注定让我们古老而兴盛的民族
经历一场
似乎铺天盖地的灾难
当这一切突如其来
当党和政府一令通告
面对灾难
我们的人民没有恐慌
我们的民族勇敢担当

一时间
泱泱祖国
凝结成一条心
抗灾救人
凝结成一个词
团结
凝结成一个方向
将人间大爱
源源不断送向灾难的中心
——武汉

十亿神州
灯火依旧安详
龙的脊梁
在引领逆行而上
平凡而伟大的我的民族啊!
律听号令
静默在时间的钟摆里
无比坚强

战役，在党中央的号召声中打响
我们人民子弟兵奔赴了前线
我们党员扛着党旗奔赴了前线
我们的院士贤能冲在了前线
我们的白衣天使奋战在前线
……
全国十几亿民众
依然勇敢果断
宣传　守路　看家　护院……
各领其命　各尽其责
没有一个人，心甘落后
没有一个人，逃避悲观

这就是我的祖国和人民
正如诗人艾青所说:
为什么我的眼里常含泪水?
因为我对这土地爱得深沉……
我们的祖国和人民

经历过苦难
我们有着足够的坚强和自信
我们战天斗地
面对如此
我们无畏无惧

春风在时令里唤醒大地
我们全民奋战
——这十恶不赦的肺疫
必将在我们众志成城的呐喊声里颤抖
必将在我们雷鸣烈火般的斗志中灭亡
在这静默的无烟的战役中
我为忠勇　善良的十几亿同胞的赤子情怀
感动得日夜热泪盈眶
这里，也有我平凡的守护和祈愿
愿我伟大中华无恙　人民安康！

请留下……

请别总是这么早殷勤地清扫
沙和石头搅拌的城市
已留不住记忆
一枚落叶
在城市的街道跌跌撞撞
破碎成片
零落成泥碾作尘

在这个初冬的清晨
我倚窗而立
孤单地候着一个暖意的微笑
月光依然在天空变白
呼唤我的村庄已渐行渐远
炊烟在记忆里飘散
随心而遇

流云匆匆
请别擦净了天空
留下你的影子
你的微笑
你的眼泪和忧伤
哪怕是残留的风信
让我旋转其中

人 面

转念之间
你我已知天命抑或行走花甲
再见之时，流年何踪
寻一处静幽，尚人面如流

红尘过往
一人千面、千人一面、千人千面
请别告诉污蔑的心机
酝酿恶毒的经过
那是你的春风
在得意的口舌间刺出杀人的利剑
幽风是谁的轻吟？
人面、妖面、鬼面……
是一群红尘痴人
争抢这无尽的悲愁

佛说：命由己造，相由心生
世间万物皆是化相
于是佛有千面，千面一心
你可曾敷衍过他的三世三生
站在一处高地
不可一世地道貌岸然

当月落云天
谁漫掩飘零独孤成伤?
谁能十年悲苦付之一笑千里尽长歌?
在残红落幕里沉淀干净的痛苦

让岁月随心，唯心自知
在杂乱纷呈的红尘中净心
种如是因，结如是果
上善若水

关于本书

从学会赶着羊群上山
开始注视远山
漫想一朵云的春天
便梦想
书写自己的
书

关于本书
没有设想　提纲及修辞
甚至于
连识字的数量
都不及年月繁育的羊群

关于本书
用走进天命的脚步
丈量不出
曾经铿锵作响的山路
步履已蹒跚迟缓

关于本书
在思考的叹息里雕琢
平淡无奇

喜鹊叫出的朝阳
依旧照红对面的山头

关于本书
至今没有落笔的冲动
寂静如初
必将是一本无字之书
面对无字的碑文
独自敬

路过秋天的蝶

从光阴摇摆的霞光里飞来
一只盛装的彩蝶
那样娇艳
把岁月的妩媚
在晚秋的暮色里骄傲绽放
是为自己
举行
一场死亡的挽歌吗？
不，不是
那是灵魂高亢的绝唱
为这金色的季节
摆渡转瞬即逝的缤纷

秋阳依旧温润　恬静
彩蝶踩着风信走近大地
土地
裸露着拥抱
用沧桑拥抱一只蝶的归来
安详面对
饱经风霜
这个季的收成
怎能装满欲望重重？

彩蝶归来
期许一场冬雪的覆盖
连同季节的色彩
蝶化成
桃花十里

成长之文

你丝毫没有背景
沙土地平坦得一望无际
树荫很远
戈壁排碱渠上的芦苇
随季节荒蛮生长

把文字种入泥草
辛勤耕耘期待收获
和诗文相爱
怀胎十月，分娩的疼痛
幸福得刻骨铭心

你的新生儿降生
浑身沾满泥土
好奇的眼睛和城市
对你欢欣而歌兴奋奔告
有人说——疯子

面对华丽、雕饰和冷眼
你不屑一顾不失狂放
当淳朴变得如此金贵
把玩雕饰的大师
在宽敞的写字桌前
发呆！

今夜，是你的烛光

今夜，我在戈壁村庄
天空沉静　云行如水　月色静谧
我独自一人静坐
和孤独入掌
心如莲花

那张撒向心湖的网
千千结成
是谁的烛光
倒映成湖心
你清澈明净的眼眸
我打坐其中
听见鱼儿触网的声音

今夜，是你的烛光
在灵魂摆渡岁月沉溺的湖面
点上的心灯
小船划过的波纹
荡漾人生过往
湖水蒸腾的露珠
润湿了你的衣裳
这一季
赓续无法结局的篇章

如果季风不来

这个盛夏
天空已经空了很久
太阳是白色的
白骆驼从红沙漠走来
驼出西山五彩的山峰
迷幻　冷峻　神秘
雷电在山后打着滚
爬在季节的网上
把沉闷抖得梨花带雨
城市不甘寂寞
期待一场季节的偶遇

如果季风不来
土地开始龟裂
是游子的半卷家书
赤热　干涩　沉闷
在淋漓的汗水里泪痕斑驳
远山之外
她单薄的衣背
是否如大海般潮湿
柔弱的肩
一头挑起孝道一头挑起责任

颤颤巍巍　踉踉跄跄

如果季风不来
沙土地已经浮躁不安
牧人的传奇
在牛尾走进村庄的钟摆上消逝
草原疲倦　蝴蝶飞去又来
你的行走心怀禅念
面对野花落尽波澜不惊
在离天最近的地方
找一块晒经的青石
打坐
一朵云覆盖着心情
胸怀怜念　感念苍生

如果季风不来
长天之外　弱水三千
感念知遇的恩德
人性在唯我的格局里丑陋
墓志铭上杂草丛生
轻薄让人依旧不可一世
愿你归来依旧温柔以待
季节在轮回里呼吸
你悲慈的眼神
惊动季风飘临
拯救浮躁的灵魂

红柳花开的时候

当红柳红到柳梢
春，已经走进人间很久
又是一期花季
在不知不觉间，花事
终临飘落
沙鹰的哨子
吹红戈壁红柳的经络
鹰眼里装满阿依古丽的娇羞
红柳花开得
如此大胆豪放
绽放给沙漠冷醒的暮春

风，已经从山后吹过几回
沙，已经从腹肌飞过几次
雨，如离人的泪
饱满了咸苦的人生
在干裂的土地上
也飘落过几次
于是
有了蓝天　太阳和棉花般的云彩
在蒹葭露尖的清晨
红柳花在沙土上绽开
给戈壁一个灵动
散了一地沁人的春香

当又一季麦子成熟

是一群鸟的欢鸣
将我带进芳香的麦子地
金色的麦浪又在这一季滔滔作响
我两鬓新添的白发
映在金涛里
表白喜悦和忧伤
海子的梦还是那样孤独
五月的麦地
村庄没有了忧伤
阳光依旧无私博爱
土地强壮丰厚
这一季麦熟
颗粒无比饱满丰润

我的胡须开始疯长
等待一阵清风
剪辑岁月
装一篮野花献给土地
这一季我就在麦地
用鲜红的血液和黝黑的皮肤
给我的麦子添上底色

今夜，我举杯不饮

今夜，月当十五，天高云淡
我静卧在老屋的地头
听夜虫唧咕，有山风拂过麦地
我醉意朦胧
意念的酒香，让我举起酒樽
斟满玉液——这粮食的精
从杯中刺过
粮食的神圣，让我举杯不饮

我捡拾九千九百九十九穗麦穗
献给我曾经拼命跨过的门槛
我的老屋，麦香浓烈
走进城市的岁月
麦子的醇香，让我精神饱满
土地的无私，让我举杯不饮

大山的厚重
给山里的孩子坚强　善良　勤劳和忠诚
城市阶梯总让你忘却仰望麦田
梦里总是和田地关联
在麦地尽头独自疗伤，顽强地痊愈

城市的淡冷，让我举杯不饮

待月亮普照大地
将这满杯的酒
敬给我忠爱的麦地

留 月

我把游子半生的情怀奉上
用最美的语言和华章作诗
用至诚的心灵呼唤
用挚爱的热情拥抱
只为挽留下　今夜
世界上最美最美的月亮！

不是习惯了姗姗来迟
这雪域天山的高啊！
总让你在人们的睡梦中醒来
在大漠瀚海的波浪里浣裳
在塔里木河歇息的河床上梳妆
带着托木尔峰的冷清
和边城夜晚的寂静温柔以待
河流寂静　大漠寂静　边城寂静
此刻，任何一种声音都显得格格不入
连同今夜的风也无声无息
享受这高贵的寂寞和孤独

我把心事剪成窗花
贴在岁月的窗口
留下足够宽的胸口让月光进来

窗子显然已是陈旧
和窗边的墙皮一样颤颤巍巍
树枝把月亮挂在了窗前
岁月的脚步不停地丈量光阴的长度
在一根发丝的两头摇动
一头摇出了故乡的山泉
一头摇落了满盘的银丝
只有新贴上的窗花
一只兔子在月亮上行走
日复一日

我多想
把你和扎着羊角辫背着月亮追梦的女孩一起留下
可这万丈红尘
总是从记忆里走失又回来
你可曾听见大海的汹涌波涛?
你可曾看见瀚海的万丈尘烟?
天涯海角，大漠戈壁
都为你诉说思念
为你流下幸福的眼泪
在薄情的世界深情地活着
用足够的善良和美好
感恩着长天　大地和万物

溶溶月色下城市万家灯火
只有望月的人痴情妄想
想再用千年的驼铃作乐

用万年的冰川雪融做酒
用瀚海沉寂千年的胡杨做舟
用天山的雪莲做礼
只为挽留下　今夜
世界上最美最美的月亮!
让我的窗花成花
让人间好梦成真!

深蓝色的忧伤

生命的小舟
在深蓝色的大海里漂荡
无依无靠
中年人深蓝色的眼眸
扯住海鸟的鸣叫颤抖
忧伤和梦一样
也是深蓝色的
天际很远又很近

深夜的天空
如海一般深蓝
有流星划伤寂静
我听见一阵刀枪飞过的声音
影子也是深蓝色的
是人性的一场厮杀
忧伤孤独如此
放弃拥抱海风

孤独在沉默里疯长
我从来就不善表达
我只相信善良和长生天

注视过你流下的眼泪
从晶莹汇入深蓝
眼里没有火焰、怨恨和悲悯
只有忧伤如此如此深蓝

拾一缕秋阳写诗

别再在瀚海的如烟里
折腾无奈的情绪
和一朵收获的白云对话
捡拾一缕秋阳就够了
我需要用她作笔
背靠秋阳写诗
写爱我和我爱的一切

背靠秋阳
闭上眼听一枚落叶
划过时空的声响
在季节里成熟和老去
未曾遇见秋风
是修行圆满后的殒落
仅留一声叹息
化入尘泥

我只想……

在季节轮回的渡口
我只想，做一名读者
读生命拼搏中的风采
读优雅变老中的文字
读经历的一切苦难
读所有的虚伪和良善
读人世间的真爱和欺骗
读岁月刻下的每一条皱纹
读穿过光阴的人群
在摆渡的朝夕中
慢慢变老

在夕阳之后发呆

越来越多愁善感
越来越怀念故乡的味道
甚至，越来越胆小如鼠
怕看见风吹黄一叶青草
怕听见掌声　赞美甚至
闻到玫瑰花香
喜欢一个人注视斜阳
和西天边烧红的云彩
余热尚在，燃烧后的热烈
催开了又一季杏花

夕阳消逝之后的夜渐入宁静
面对夜的莅临
是如此希冀
最适合一个喜欢发呆的人发呆
完全不用去思考什么
夜幕在阴阳交错的混沌里拉开
只需在自己的角色里融入
用慈善悲悯把生活的点点滴滴
在宁静里和自然、世俗以及宇宙
完全和解

南天山的月亮

曾几何时
在喀喇昆仑的哨卡上
我孤寂地站立
和一支钢枪
第一次高原夜空的仰望
你的光芒初照在我瘦小的身上
我注视你的时候
已是满眼泪花
想起黄土地上的月亮
和月光下辛劳的母亲
从此之后
我便再也没有放下
对你的思念

于是，我喜欢在夜里读你
读你的云海苍茫
读你的皎皎玉盘
读你的孤独清冷
读你的温婉如玉
就在这莽莽昆仑
就在这巍巍天山
就在这浩浩瀚海

你泼墨丹青
我在这绝美的画卷里迷失
迷失成塔里木河里的一滴水珠

胡杨在月光里醉倒
黄羊在月光里热恋
河水在月光里歌唱
棉田在月光里吐絮
城市和村庄在月光里沉睡
这南天山的月啊!
牵着我的魂
在这里耕耘收获
风来的时候
我没有抬头
怕我的华发
惊扰了曾经初照我的月亮!

后　记

西北南疆的秋，从来不会迟到，一切恰如其分。棉花如絮，和蓝天的云朵一样白净；稻谷金黄，是阳光和天山雪融的恩赐，饱满丰润。

我听见一枚果实的落地声，似有阵痛却幸福无比。《南天山的月亮》浓缩了一位游子三十余年的心路历程，尽管他是如此地平凡，就如生长在戈壁的蒹葭，“蒹葭亦为草芥，似这戈壁深处，世代奔忙的老乡，英雄般坚守”。亦如红沙漠中错季而开的恰玛古花，“恰玛古开花时节，土地已经无比温和，红沙漠血脉奔放，扼杀生命的白盐黑碱，阻挡不了恰玛古如期开花”。但一切又是那样地自然，遵循大道，朴实无华，深情咏唱，“以崇拜的躬谦，种下我的诗行，让她粘满泥土吸收营养”。在经历成长、成熟之后，各归其所。

《南天山的月亮》也是我的一篇成长之文，我本出生于陇原大地大山深处的农人之家，是大山的厚重，给我以真诚和勇敢；是大山的贫瘠，给我以慈悲和善良；

是辛劳一生的母亲，教我以谦谨和孝悌。经年之后，“故乡已是他乡”，而在选择生长的地方，天山的博大，沙土地的神奇给了我讴歌群山、草地、沙漠、河流及一切生命之源的灵感，如“塔河奔涌的心曲”在以季节的温度而流淌，行走在文明交汇的“龟兹”光华里虔诚地修行。在“岁月自然的灵悟”，歌唱一切善良和美好，愿天地如斯，生命如斯！

心怀感恩，行走就饱含温暖和情意。《南天山的月亮》的出版，要特别感谢给予我帮助和鼓励的各位老师，要特别感谢培养和支持我的组织——中共阿克苏地委宣传部、阿克苏地区文联，尽管我的文字和我的人一样不怎么灵秀，但却足够真诚，同样真诚地期待读者老师给予批评雅正！

漠雪

2024 年 9 月 29 日

图书在版编目（CIP）数据

南天山的月亮 / 何兴华著．-- 北京：作家出版社，2025.1．-- ISBN 978-7-5212-2922-6

Ⅰ．I227

中国国家版本馆 CIP 数据核字第 2024HR4554 号

南天山的月亮

作　　者： 何兴华
责任编辑： 李亚梓
封面设计： 琥珀视觉
出版发行： 作家出版社有限公司
社　　址： 北京农展馆南里 10 号　　**邮　　编：** 100125
电话传真： 86-10-65067186（发行中心）
86-10-65004079（总编室）
E-mail: zuojia@zuojia.net.cn
http://www.zuojiachubanshe.com
印　　刷： 唐山玺诚印务有限公司
成品尺寸： 142×210
字　　数： 120 千
印　　张： 6.625
版　　次： 2025 年 1 月第 1 版
印　　次： 2025 年 1 月第 1 次印刷
ISBN 978-7-5212-2922-6
定　　价： 58.00 元
